汉河星光丛书
主编 赵娟

怀想与歌唱

王延华◎著

山西出版传媒集团 北岳文艺出版社
BEIYUE LITERATURE & ART PUBLISHING HOUSE
·太原·

图书在版编目(CIP)数据

怀想与歌唱 / 王延华著. —太原: 北岳文艺出版社, 2021.12
(汉河星光丛书 / 赵娟主编)
ISBN 978-7-5378-6508-1

Ⅰ. ①怀… Ⅱ. ①王… Ⅲ. ①诗集-中国-当代
Ⅳ. ①I227

中国版本图书馆 CIP 数据核字(2021)第 276456号

怀想与歌唱

王延华 / 著

//

出品人
郭文礼

责任编辑
刘文飞

助理编辑
马媛慧

装帧设计
肖景然

印装监制
郭 勇

出版发行：山西出版传媒集团·北岳文艺出版社
地址：山西省太原市并州南路 57 号　邮编：030012
电话：0351-5628696(发行部)　0351-5628688(总编室)
传真：0351-5628680
经销商：新华书店
印刷装订：成都兴怡包装装潢有限公司

开本：880mm×1230mm　1/32
字数：234 千字
印张：9
版次：2021 年 12 月第 1 版
印次：2022 年 3 月成都第 1 次印刷
书号：ISBN 978-7-5378-6508-1
定价：48.00 元

天籁与灵魂的相互赠与

蒋　蓝

《怀想与歌唱》是诗人王延华的第五部诗集，收录的都是近年新作。在这部不分辑的短诗集里，并未湮没其价值判断与美学趣旨，在人与大自然循环往复的对视、对话里，一种趋于明亮、轻快、幽微的光照，不但使大自然的风声、雨声与鸟翅、花影得到了认证式的确立，而且使自己的灵魂恰在天籁的加持下获得了熠熠生辉的独显。而在我看来，诗人与大自然的高度默契，正在于相互赠与、相互保管、相互珍惜。

博尔赫斯在他年轻时就追求“极端主义诗歌”，曾有这样的观点：“浓缩诗歌，只留下最基本的要素——比喻；舍弃无用的承启句、连接句和形容词；摈除一切浮艳矫饰、剖白心曲、状写环境、训诫说教和晦涩冷僻的文字；将两个和更多的形象合而为一，以扩大其启发驰骋联想的功能。”尽管博尔赫斯晚年对此观点颇有悔意，但“有选择的极简”作为博氏的风格，未尝不可看作王延华的诗学圭臬。

《怀想与歌唱》当中没有宏大叙事的题材与大词铺张，这决定了王延华是安静的，却又非孤独的。他在静谧的时间与空间里获得了大自然的启示，内心充溢着大自然的乐音，他渴望超越杂芜而嘈杂的现实而抵达纯洁的快乐。

王延华在《怀想系列·之六》里这样坦露自己的心迹：

这是个无关紧要的日子
太阳
依旧闪耀着温暖的光芒
树林边的一池湖水
风平浪静。

我在山岭间迷失徘徊
恍然在梦中的一切
耳边充满想象力的乐曲
不相信生活是一场错误的游戏
我无知的影子干扰了
唯一的见证者。

其实，王延华并非遁世者。可以发现，他因为舒缓，才把自己彻底融入大自然的序列里，使自己成为大自然当中的一个不可或缺的连环，由此才得以发现“微物之神”的烛火，进而找到了置身现实的角度以及取舍之道。

唐代诗人王维《与魏居士书》指出：“古之高者曰：‘许由，挂瓢于树，风吹瓢，恶而去之；闻尧让，临水而洗其耳。耳非驻声之地，声无染耳之迹，恶外者垢内，病物者自我。此尚不能至于旷士，岂入道者之门欤?’”意思很清楚，所谓的古代高人，看来十分矫情。耳朵不是声音停驻之地，声音也不是污染耳朵的根源。厌恶外在之物，反而使得自己内心受到污染。而王延华撷取的自然之声，才是他返回现实、直面人生的勇气与热情的源泉。

在这本诗集里，我由衷感到，这个世上有些孤独是温暖的。鉴于孤独太小了，只能温暖一个人，一个徒步大地、慎独、只能与影子手挽手前进的人。如果他置身于飞鸟、河流和影子之外，就感觉不到任何暖意。其实，我们的日常生活有时就是这样与影子手挽手一起度过的。春天悄无声息地结束了，他们总会在乡下的草径上与往事遭遇。比如，一个背着猪草的村姑，一场不期而至的雨，还夹杂着几星阳光和花蕊。他们还会不时地绕开一些野罂粟，就像大红奖状一样，那是只能看不能摘的尤物。每当此时，孤独者总是想起自己曾经擦肩而过的那些村姑和码头。码头上有那么多陌生的面孔，就像村姑的姐妹。每当此时，我就会想，这世上有些孤独是温暖的。温暖到，刚好可以融化眼泪，因此就不再叙述泪水的动机。经过多年写作，王延华形成了一种自在适意的人生哲学，他记录的每一次徒步过程，也是一次受洗、铭记、歌唱的过程。

这个世界上身心安静的诗人真的不多。诗歌首先是诗人在林中路穿行时的喃喃自语，他希望用诗歌来荡涤喧哗和纷争，这样，王延华走在一条澄明、宁静而暖意普照的道路上。读他的诗，既可以感觉到静水深流的平静，又有面对逝者如斯的生命喟叹。诗人通过细腻至微的笔触，寻找那个在现实生活中渐行渐远的弥散在灵魂深处的东方诗性精神。

独坐太久了，王延华自语：

在大海的面前
我等待清晨
也期待黄昏……

而一个黄昏时分的散步者，从背影上看去，肯定是热爱生活的。广场舞是出于反抗孤独而结成的联盟，一个抱团取火的集体主义孑遗。散步者是离群出走的人，他坐在大海边聆听，直到黑夜漫上了天穹。他起身，直接踩到了水中。有一天，我读到卡夫卡的一句话“艺术的自我忘怀和自我升华：明明是逃亡，却被当成了散步或进攻”时，我觉得，一个诗人回到水的方式就是爱的姿势，这可以囊括出走、逃亡，并安静地返回。

2021年12月9日

（蒋蓝，四川省作协副主席，四川省诗歌学会常务副会长。）

目录 Contents

歌　唱

我满怀欣喜地大声歌唱
这远方的红色果园
在这浓绿的小路
阳光下自由地行走

美好的事物
总在阳光下
我们祈祷和歌唱那些美好的
万事万物
我甚至还隐约看见一只飞起的夜莺
在水边歌唱

我要献出自己的一些礼物
告诉你一些世间动人的故事
感谢今天早晨这场清澈的雨水
驱散了昨夜模糊不清的星星

故乡的土地
生长花瓣和麦香的动人气息

风 景

我在微热的树林间
寻找泥土的气息
能否找到一处静谧的草地　山峦和湖泊
自由疾驰的风在原野
云一样
飘渺遥远

我认真倾听这里发生的一切
麻雀和更多的鸟三五成群
我从来没有听到过这么多深沉的鸟鸣

天空在森林的遮掩下
还是蓝得那么完美
所有的尘土都被风刮上高高的山岗
花瓣的烦恼
是那么的脆弱

我苦苦寻找的记忆
终于再次复活
幸福的爱情
总使人变得轻松

怀想系列

之一

阳光下。草地。绿树。
毛虫在高大的松树上生长。
森林的汁液
一只鸟
摆动娇健的翅膀。
影子爬满树干。

蚂蚁在无数爬行的昆虫中
要到哪里去？
混杂生长的植物
在尘土和风中滑行。

我还要祝愿些什么，

那么多美好的事物
我们都已忘记。

之二

苹果树收集每一种声音。
日出之前
鲜亮的麻雀举止迟钝。

冰河与岩石之间，
每一种细微的声音
唤醒
心中沉睡的念头。

总是晚了一瞬间
好像一切都是徒劳和
无法改变的。

我坚信
春天和幸福
总是比其他事物更亲密。

之三

一只知更鸟

在树上不停上下跳动
一匹疲惫的老马
快速奔驰
把一切都甩在身后

夜已深沉
河水奔流向前。
天上的星星看着
夜色中的一对恋人走远。

桃树安于它的位置，
鱼儿在水中欣喜游动。
蜜蜂忙于构筑蜂巢，
最轻柔的风奔向它的前程。

之四

浮云　积雪　小溪
我对经过的每一只水鸟仔细观察。
一群驯鹿
安静而又迅速地穿过
金色的苔藓地。

恐惧
远离了山峦河谷。

溪流冰川的形状
远离风景。

消失的陌生人
纯粹的月光
照在银色的大地。

之五

雨点
哗哗地落下。
乌黑的天空
温润的风
拂面而来。

但一切都于事无补，
这个世界
我们要求的总比
期待更多。

之六

这是个无关紧要的日子
太阳
依旧闪耀着温暖的光芒。

树林边的一池湖水
风平浪静。

我在山岭间迷失徘徊
恍然在梦中的一切。
耳边充满想象力的乐曲
不相信生活是一场错误的游戏。
我无知的影子干扰了
唯一的见证者。

之七

穿过树林，
鸟儿正在树梢间嬉闹
大声鸣叫。

正值盛夏
远方披雪的雪山熠熠闪亮，
溪流之上
积雪模糊了荒原的身影
巨大的云团掠过
消失了踪影。

有时
最低微的心愿

会使人变得无趣。

之八

遍地沼泽
旁边的草地安睡了。
轻柔的笑声
稍纵即逝。

一只海鸥
躲在海浪前面的岩石上
久久伫立沉默。

倘若严冬真的能阻挡
雪花的起舞
温暖便已足够。

之九

整个夏天
一团浮云
在我房间的镜中
反复出现。

大水漫过这片安宁的土地

果园在哪儿？

更远处和更近处
是充盈了土地和天空间
拥挤的人群。

没有了爱情
没有了宽容
很多失神的面孔
不知身在何处。

之十

再度凝望星星
黑夜看着这冷酷的一切
郁郁不乐。

而孩子们敏感而又与众不同的爱
和黎明轻柔的微风一起
轻吻着每一个路人。

之十一

酷热的夏天
一个白天的寂静

是如此的珍贵。

仰望星空
我知道
我是爱你更多的那个人，
在这尘世
已足够。

之十二

一切美好的月光
在世界里都显得微不足道。

无风的夜晚
一簇簇绿叶的影子，
我的脚尖
正对着闪耀分明的月亮。

这纯真之美
无休无止
悲伤处才会凝视。

之十三

星星的哭泣

静静流入大地
幽暗的天空
将光芒驱散。

梦中的我
无人将我唤醒
我为亲人和过去的一切美好祈祷
还有谁会倾听？

之十四

苹果在苹果树上
树影在墙上
鸟飞向树枝。

深邃的天空
自由的风
唯有我
细小的忧郁
犹如穿过的钢针
像一只瘦弱的蚂蚁
两手空空。

一只饱满的苹果
里面总是有更多的宁静。

之十五

大海的一切
总是蔚蓝纯洁
云中的万物
总是轻柔掠过。

时间将我们一一灼伤
就像落叶
很快凋零。

岸边的芦苇丛和
一大片喇叭花。

在大海的面前
我等待清晨
也期待黄昏。

之十六

秋天和绿叶的影子一同来到
羊群在风中吹散
草地在幸福等待
在昏睡的大地上

我的身旁开满鲜花。

山峦披上晨雾
躺在那里
用耳谛听。

森林
在我身后的那边
河流
在我恼人的前边

面对面走来的阳光
独自观望。

夜

月夜降临
寂静在草丛酣睡
巨大的橡树叶
在水边歌唱
月光在我身边平静流淌
时间在我眼中
变得柔软温暖

我不知道
自己明天会做些什么
此时
今夜的天空
看着我坐在草地上

一　切

今夜
你不在我的身边
短暂的思念
在长夜里孤独地生长

我已厌倦了寒冷的冬天
一切的事物都是冷漠而稀疏的

除了寒冷
我用自己的坚强
想起你过去的一切

夜　灯

当秋天最后一片落叶穿过街道
路灯在雾中
更加地微弱
人行道上
散落着一些寥寥的身影

墙边长长的阴影
在街心喷泉的水声中
用鸽群的叫声
一同升高
盘旋在天空

我熟悉黑夜里这座城市的一切
路灯
把这个世界的一部分照亮
我看到

那么多的故人
站在最卑微的地方
喧嚣从更远的街巷传来

梦　想

一

在碧绿的草地上
花香和鸟鸣
随风吹来
蔚蓝的天空
看起来是那样的幸福

二

辽阔的星空下
一片孤零零的野花
就像花园里
花蕊在花心吐露自己的孤独

三

白杨树梢和青草
一同在大地发芽
风中的沙沙声
是如此的微弱

四

风
吹弯自己的影子
像一朵朵白云
开满天空

行　走

十二月
树叶被风褪尽
一匹拉车的老马
两只眼睛空洞的驯鹿
冬雪陪伴它们
一生熟悉的行走

我在山谷缓缓行进
白色的雾气挂在树丛
走进冬天
属于今年的所有季节即将结束

我惊讶地看到
一些红番花上
还停留着几只生命力顽强的蜜蜂

我在一块圆圆的石头上坐下
一片片雪花在我转动的肩膀上
落下
我看着忧郁的天空
是如此的孤独

孤　寂

一

森林中的一切
泉水　鸟儿　飞虫
风　雨雪　岩石。
河流湍急，
小鹿的脚步声
进入梦乡。

二

草丛中隐藏的巢穴。
我幸福地看到了一切
听到了一切

此刻
我的灵魂
只用自己的语言发言。

三

贝壳　海藻　珊瑚
在大海的怀抱里更加美丽

梦中的一切
我总是在认真思考如何去爱

四

雪
下着下着，
悄无声息。

冬天的天空
向一切万物敞开心扉。

寒夜急切地将我唤醒，
我品尝自己的寂寞。

五

天真的夜
在远方俯视一切。

愈加寒冷的秋天，
同阳光一样伟大。

六

黑夜
降临在沉重的橡树林，
我和它面对面
仿佛最亲近的亲人。

越来越孤独的我们
在奔跑中选择梦想
没有尽头。

七

除了回忆
还能做些什么。

陌生人有自己沉默的方式。

八

如此多的微笑
以至于我看到你炙热的灵魂，
在我的双手间打开。

影　子

我爬到山顶
不去看四周的风景
笨拙地和你四目相对
我灵动的双手
在歌声中期待你的一切

我看到自己的影子
掠过手掌
我还看到
你眼睛里一生的思念
为我展示

风中的黄昏

黄昏
风在村庄
填满老井　瓦罐和一切
一片核桃林
几棵樱桃树
在浓雾中渐渐消散

我躺在村边的树丛中
一朵没有花瓣的睡莲
我屏住呼吸
仔细观看

湖

水为湖披上一层层碧绿
湖边一棵棵杨柳
在戏水的群鸟中
更多的是沉默

松树枝上孤零零地
挂着几滴露珠

我听着嘈杂的蝉鸣
叫醒清晨
这湖边的一切

随想絮语

一

偶尔有人匆匆经过灌木丛，
许多的事情必须延续。

许多的岁月穿越泥泞的道路，
还记得美好生活的样子。

二

桦树和雪松林下，
我们早已忘却徒步穿越沼泽的失败。

在蓝天的下面，
我几乎抛弃了一切的愤怒。

三

我坐在河边的树荫下，
风将云吹到这里
看阳光普照的清晨。

四

一次次短暂的告别后，
许多的事情才刚刚开始。

我常常这样告诉自己。

五

不要嘲笑山风的笨拙，
在蓝天的下面
它们变得沉重
而又充满魅力。

六

一无所知的人，
躺在草地上。

早已散去的青草味
世界并不需要醒来的黎明。

七

盛开的花园，
请原谅我并没有将鲜花带回家。

对自己扮演的角色
我经常一无所知。

八

对这个世界的愤怒，
有时
总使我坐立不安
不想观看。

多么严肃的假设。

九

午夜，
暴风雨来临

熟睡的我像一条空洞的河流。

十

星星的出现
并不意味着我们看的事物亮一点
我们总是无法预测未来。

十一

漫漫旅途，
我的记忆正在萎缩
只靠猜测。

十二

想起明天，
心
总会搅乱我们前行的脚步。

七　月

就在温柔的七月
街道边沉静的梧桐树
在轻摇的风中酣睡

街心喷泉水
洒落在孩子们欣喜的脸上
公园里
老人们用歌声和舞蹈
打发殷勤的时间

许多的植物在城市的空地上
匆匆生长
窗前一位姑娘
看着街上忙碌的人群
一张张亲切的脸

花园里
众多的忘忧草在七月的阳光下
依然像戴着面具的
沉默

回

只需要给我回来的时间
我希望
一只鹰在山上
一朵花在水中
云正从山顶升起
高山和绿树倒映在水塘
松树林的轮廓
在这山中渐渐清醒

窗　下

窗下
我的低语
单调乏味
我几乎总是沉默的

今天我又是幸运的
一个完美的好天气
天空和阳光干干净净
穿过鲜艳的花丛

露　珠

这个夏天
鲜活而又平静的大地
青草茂盛
马在草地上的每一个黎明
纵情飞驰
快乐的羊群也正奔向它们的牧场

露珠松软泥土
青草在潮湿的空气中
呼吸

这些海风

我终于在温湿的海风里
触摸到了真正的大海

海浪不紧不慢地沿着海面滑行
这些海风
掩盖了我内心的一些脆弱

街　景

一

街道上川流不息的人群
像丰收的稻田

时间躺在路灯边观看

二

在街心的一角
我遥看你
迟钝的背影和忧伤

三

城市和岁月一起越长越高
夜晚通体透亮
自有它的乐趣

四

今夜
我什么也不做
只仰望天空
看星星和这尘世中
一切的幸福

沉默的大海

白色的浪花
在岸边歌唱
沙滩上
我的脚步压碎散落的沙粒
只有干燥的海风
皎洁的月光
雾罩在灰暗的尘雾中

岸边的贝壳石砾
轻盈的鱼群
水银般鲜活

我还看到很多柔软的海藻
远方的一艘船在海面上
孤独地游弋

我缄默无声
听海水在浪的伸展中
喃喃自语

相　遇

雨水褪去
草籽率先钻出了泥土

迷茫的山丘与羞怯的鸟雀
保持了一些距离

存 在

在花园
在小溪
从树林到雪山
花朵在绽放
鱼儿在水中

幽暗的风
欢快的日子
只为此刻的我们存在

回　忆

我的呼吸比身体更加轻盈
远远的山丘
幸福的爱情
在我的掌心
抚摸

时间
在风中
躲避我多情的回忆

一朵花

一朵花
在泥土的一角低垂地开放
花枝
把沉香
包裹在花蕊中

众多的蜜蜂和蝴蝶
在晨光中
在花丛中穿行

幻

一

一棵树的影子
在一座陌生的城市

我高举双臂
月光
在整条街道上温柔伫立

今夜
我将看到这里发生的一切

二

水草在岸边

河水清清
像开心的微笑

我在你沉默的目光中大声歌唱
唯有你
听得见

三

我梦见
大片的蒲公英
在时光中飞行

四

我是你的眼睛
你是我的眼睛
我亲爱的爱人

五

我倾听到了野花
轻盈的呼吸
像从前那样

六

童年的记忆
总是高高跃起
在梦中
在荡来荡去的秋千上

七

天亮了
路边打开的一扇扇窗
像我从前的忧伤

夜

月光
在树梢间攀爬
星星
载着月亮的晕环
闪着蓝光

海风等待着
吹向岸边的礁石

夜
覆盖住这里的一切

眼睛里

暮色总是很短暂
我悄悄地和你道别
连风都吹来了
你的影子

两棵紫丁香间的一片月光
藏在我晶莹的眼睛里

祈　祷

湖边
我无言站立

湖水的波光
像一双迷路游子的眼睛

九　月

秋天
总用金黄装点田野山丘
那一簇簇的金黄
在大地闪耀

空气中弥漫的泥土气香
飘荡在我的身边
稻田和远处山谷的羊群
映衬在蓝天白云下

荒野中的一大片树林
在盛大的九月里
也需要蓝色的清晨和
清澈的阳光

太阳和雨水

滋养着这幸福的收获和这
九月的时光

微 笑

当布谷鸟开始婉转地鸣唱
我在山的高处
遥看更为遥远的家乡

在风中
在雨中
温润的泥土
沁人的花香
四处游荡

我凝望这群鸟的飞翔
用微笑
用心去聆听
大地的欢唱

逃　离

一大片如雪的白桦林
茂盛的枝叶依偎着
伸展向天空

我曾经追随的人群和
许多未曾提及的往事
此时
逃离这片刻的尘世

想　念

风
在初秋深蓝的天空奔跑
在金黄满月的田野奔跑
在绿叶沙沙响动的树林奔跑
在清晨火红的阳光里奔跑

现在是鲜花盛开的季节
大地在笑
天空在笑
花园把一堆堆花瓣铺满
长长的山坡
那些大人和孩子们的笑脸
也像花开了一样

我想念日落和日出
我想念悠闲的云朵

我想念被风刮跑的相聚分离
我想念那么多的泪水欢歌

我想念大海
我想念高山
我想念水草散发出的幽香
我想念被风和太阳唤醒的花园

我想念森林
我想念雪山
我想念羞涩的星星
我想念清澈的阳光

我想念我期盼热爱的
每一天

六　月

迷人的六月开始让大地
变得燥热

一株独自生长的橡树
一道拱起的山丘
一片碧绿的高地
一群河边栖息的鸟群

牧羊人在幽林山谷
蔚蓝的初夏
天空一片片碎云明媚

六月的早晨
我感受到了树上那些幼鸟
啁啾鸣啭的生命气息

孤　寂

我的目光
穿过辽阔的荒原
去寻找那一片橄榄林和葡萄园

铅色的天际
是那么孤寂和乏味

回　答

沉重的脚步声从门外传来

墙下的灌木丛被冬雪覆盖

小河封冻

山谷
裸露着一块块冰冻的石块

春天还远吗

片段之一

山谷中的两棵树
鸟儿在上面筑巢

果实的影子
由阳光掌控

火红的晚霞
渴望在僵硬的泥土上停歇

片段之二

今天
我们用微笑告别
忧伤
藏在心中的哪个部分
谁也不知道

我的灵魂和夜晚
是如此的贴近

只有祝福
没有遗忘

片段之三

空中
白色的鸟
蓝色的鸟
红色的鸟
嘴里装满了泥土和果实的芬芳

我
静静地观看风景和四季

片段之四

我轻柔的身躯
在风中
旋转

远处很高的山上
一群白色的鸟群正在归巢

我的忧伤
回忆过去一切美好的事情

片段之五

夜空中
一颗颗闪烁的星星
低头观看一大片紫色的原野
绿色的原野
灰色的原野

我就这样站立着
看
一只蚂蚁漫不经心地爬过草尖

片段之六

一场大雪
终于在傍晚来临

蓦然照亮了我身边的一切

我感觉到了许多的身影和脚步
从四周
向我慢慢靠近

片段之七

风
将我从梦中晃醒

我像蜗牛
蜷缩在床上

看窗外
迎面而来的一场雨
悄无声息

片段之八

许多的树也是孤独的
树干像臂膀
树叶像牙齿
汁液像血流

仿佛山在沙漠中哭泣

片段之九

这里的一切
都在迅速地聚集

一半蓝蓝的天空
一半幽幽的月亮

在山顶
远远地
隔开我和这个城市的一切

片段之十

森林和太阳向四方的树叶
一同驱赶黑暗

一片弯曲的草叶
在荒芜的大地舞蹈

泥土上瞬间长出的几棵草
路边偶尔的几声鸟鸣

我感受到了自己更快的心跳

你的身边

我坐在窗下
等待细雨的到来
失神的目光
也等待你长长的黑发和笑颜

院中
玫瑰花正开
花香
和你的相逢重回我身边

无　题

雪花
在这片草地
正慢慢融化
隐藏在草丛中

一些蕨类植物铺满小路
是如此的肃静

心　境

寒夜
雪花
把玻璃窗擦亮
记忆穿过厚重的门
依靠在满是灰尘的墙角

转身离去的故人
永远模糊不清

声音·树

一

纷扬的雨滴
挤在密密的绿叶中

一棵树
静静仰望蒙蒙天空

我只有打破沉默
或者永远沉默

二

透过清晨的一层薄雾
一滴露珠

目光急切地寻找
水的源头

三

我开始睡觉
听到敲门声
我会开灯
一点一点
等

四

我沿着哗哗流淌的溪边行走
今夜的天空
只有星星

很多的事情像傍晚一样
模糊不清

五

今夜
我
一个人

看流星雨掠过
桦树林

六

你喊我的名字时
我低头看见了
松树下一大片
茂密的草地

七

这个世界
阳光总比月光温暖一些

爱　人

我的爱人
你的眼神又一次
将我击倒

你在我的梦与醒之间
召唤我
凝望天空
你脚步轻盈
奔跑在花园的尽头

我倾听你的呼吸和欢笑
你浅浅的身影和手中
白皙的扇
打破我和寂寞的交谈

春　意

我看到田野树林果园
在夜晚欢笑
星星在天空绽放
微风在大地穿行

泥土
潮湿温润的泥土
总是给我们传递最早的
春天气息

花朵和绿叶融化掉我对去年
冬雪的回忆

我喜欢和风
喜欢和群鸟的自由飞翔
喜欢和这春意萌发的一切
相拥在一起

恋

一

没有你的夜晚
我感觉到了从来没有过的寒冷
空气仿佛缩成一团

你的身影和飘落的雪花
一同在我的身上洒落

二

我可以在长久的沉默中
用思恋
燃烧你温情的双唇

没有哭泣的夜晚
是多么自由

三

窗台上的落叶
我刚刚看到
就要和它挥手告别

十　月

秋天
已隐身在含苞待放的大地

星星像玫瑰
落叶正依依不舍
融入泥土

灰色的天空下
一棵樱桃树在山岗的左边
湖中细小的涟漪
倒映着树干粗壮的身影

云在荒漠的语言是
白色的沉静
蚂蚁在草地匆匆清理泥土
蓝色的天空

博大的河流
美好的收获和十月
如影相随

山　谷

伴着山谷小溪的流水声
山岭上的新绿
从清晨到傍晚
迅速向远方伸展

山谷幽静
树梢静止
雾气凝结

在山顶
我感觉到离天很近
离你很远

夜晚的村庄

我坐在村口
看黄昏慢慢投入天空的怀抱

月光
洒在更加沉静的村庄

恰如一粒透明的种子
风吹到哪里
都会生根发芽

倾　听

我躺在这清香迷人的山坡上
童年的记忆
在我的怀抱中安睡

一大群驯鹿
安静地穿过绿色的苔藓地
天空和大地一样温和
每一条山间小溪
我都会仔细地倾听和观看
过于完美的山谷气息
流往它经过的每一个地方

蓝天和白云照亮
每一只飞过的鸟
最轻柔的风
知道它应该到达的地方

我躺在这清香迷人的山坡上
阳光普照的山谷
一切都那么美好安详

别

房间内空无一人
我从院中葡萄树的嫩枝间
看你越来越远

我会在这个夜晚一直守候
想你的忧伤
想你的眼神里的一切和我

一夜无眠
我把一切清晰的回忆和相思的泪滴
都留在了这里

相聚和分别
今夜的一切
只属于你和我

高 地

这一大片高地
渐渐被山林野花覆盖

绿叶摇曳的每一天
庄重的木樨花
云的碎片洒落在
绽放的花瓣上
雁群从河边列队向空中飞行

天空的饥渴
在露水的手中

雨

雨
越下越大
包围了天空下的一切

雨水在树林流动
透明的岩石
流动的树脂
被打湿的麻雀站在枝头上

异乡人在雨中诉说着
自己的心事

盛　开

田野传来了春天的口信
在天边飘落

草原上羊群的哞哞声
磨尖了岁月

温顺的草籽
菩提树的种子
在潮润的泥土中盛开

声　音

我在森林中的薄雾里穿行

碧绿的山丘上
一只红松鼠在松树枝上跳跃

石块和苔藓的声音
泥土和瀑布的声音
天空和闪电的声音
彩虹和云朵的声音

湖中的天鹅也向我问候

冬　雪

冷杉　雪松以及众多的植物
在冬日的呼吸中
逐渐干枯

捉摸不定的雪
在空中优雅地飞翔
在大地随意
顽皮流淌

冰冻的湖水边
我在雪中徘徊
遥看这座并不陌生的城市
树枝上的乌鸦没有察觉

雪
白茫茫地向四处散开

我匆匆行走
把那片可爱的雪松林和桥下的雪景
抛在身后

月光照耀的夜晚

这一片核桃林和这
一池的月光
还是原来的样子

几乎每一个夜晚都有月亮
月光
遍布只剩枯草和微风的山野

月光穿过布满荆丛的小路
鸟儿们不见了踪影
被精心打理的果园
结满了果实
在暖暖的月光下
被风吹得沙沙作响
那些被树遗忘的落叶和一切的等待
都在沉默的月亮之上

宽　恕

一

我对这片峡谷的一切
一无所知

我尽量保持平静
不被任何事情打扰
眼泪
却常常被自己的感情伤害

二

我喜欢这座森林的一切
很多时候
我总是在装扮自己和一生的期待

假如还可以选择

三

一株柔弱的野草
攀附在石缝中
伸手可及

旅途中漂泊久了
心
便麻木了

四

那么多的愿望和祈祷
花去我很多的时间

我多么想知道
我还有其他的理由
去回望你远去的背影

五

恐惧和忧伤被我一再拒绝

宽恕

是我追逐的希望

冷　漠

这里的一切都没有改变
河水的流淌
冰川的形状
海滩的景色

蚂蚁在树林中爬过无数的落叶
微风中
匆匆向前爬行

另外一些人
也从这里匆匆走过
把令人厌倦的冷漠
丢在灌木丛

沙　砾

这些灼热的沙砾
和飞鸟掉下的羽毛
在沙滩

我躲在岩石的后面
凝望炙热的天空

一只粉色蝴蝶的飞翔

五月温润的土地
到处阳光闪烁
青草的呼吸取代了一切

一棵粗壮的橡树下
风在我的周围
在饱满的空中
欢愉起舞

我的歌声是如此的生硬
一只粉色蝴蝶的飞翔
像来自上天的礼物
我害怕将它吵醒

匆　匆

黑夜的寂静
我匆匆穿过

路旁
疯长的灌木丛
一朵玫瑰花瓣落地的声音
是如此动听

天空之下

一只鸟
独自在这片空地的上方飞翔
天空之下
一片清澈的湖泊
一座孤傲的小山
美妙的景色
如此乏味平静

多么脆弱的自己
我都没有勇气去仔细地倾听

渴　望

一

秋天的笑脸
我身后
百合的香气被风撒在路上

被一阵狂风吹散的暴雨
我能多说些什么

二

蓝色的山脊上
飘浮的云块
张望傍晚的枯枝和落叶

月亮的悲伤

印在潮湿的大地

三

在无眠的夜晚

一片片雪花

在我的窗前

短暂地飞过

我对寒冷的冬日视而不见

冰冷的孤寂

不能留给我的亲人和朋友

四

我流淌的欲望

在世界真诚地流浪

醒着的人期待复活

没有什么离我而去

五

夜晚沉默的一切

是我见过的最美的悲伤

眼泪和幸福
没有结尾

六

夜晚的冰冷
刺穿桥下的河水
我喜欢和雨水的亲近

我在夜晚
抛开一切的光亮
寻找贪婪的黑暗

七

小路
迷失在五彩斑斓的野花中

今天这个夜晚
满天的星星
更使我欣喜

八

夜晚的一切
背对群星
慢慢干枯

痛苦和欢喜始终模糊不清

九

我们遗失已久的幸福和微笑
这浮世的一切
在梦中

十

星星和露珠的光泽
一同在草丛闪烁

我只寻找遗失已久的
思念泪痕

黎　明

晨雾中
太阳还在沉睡

一只知更鸟跃上草丛
芬芳的雪松
热情的郁金香
紫丁香花中的蜜蜂
被这炙热的盛夏
在微风中剪成碎影

门　外

半梦半醒之间
一扇门
把我无序的回忆关在门外

我侧身倾听黎明的孤寂
镜中的我将对你一切思念的话语
留在我模糊一片的眼中

城市的光

城市又重新苏醒
薄雾笼罩着慵懒的一切

冬日的阳光
犹如一只沙漏
天空的阴影
逐渐消散

我在门外一言不发
不假思索地向拥挤的人群
挥手致意

山谷之下

河水在山谷之下
数不清的野花
主宰河边的一切

大雨停歇
明澈的天空下
无忧无虑的羊群
重返它们的草原

紫丁香花
在风的边缘传播花香
落叶
躺在草尖上

画眉鸟

紫槿花开的六月
我赞美那些活泼可爱的画眉鸟
它们总是
山谷中最美丽的歌唱者

这个小心翼翼的世界
我尽量享受这片刻的欢愉

春　意

春天的阳光下
大地和万物
无法拒绝绿色的到来

风
吹散云的身影
在粗壮的树冠上伸展身体

蝴蝶的舞动
也带着绿色的颤音
春意
洒在鹿群奔跑的河边
浩荡的芦苇和灌木丛披满金黄

重　现

这片陡峭的岩石
急促的风
阳光正好

大海的忧伤
只在风中俯身
梦中的你
在我心中
欣喜地呈现
像一辈子那么长

舞　台

一

我就这样静静地站着
蝴蝶和白云的碎片纷扬落下
轻如羽毛

一阵很轻的微风
夜空中那些微弱闪亮的星星

世界静止在这一片月光中
多么寂静的美丽啊

二

舞台的序幕即将拉开

所有的道具都布置得
如此坚固
我表演的每一个动作和眼神
都不可更改

三

我早已忘记
你睫毛上留下的影子

一朵花的灿烂
像我们一生许多微小的事
散发一切质朴的爱

我向你道歉
没有将花园里最美的花
带回家

四

一切起源于爱情

一株合欢树在星空下闪耀
你那么细小的微笑
总是那么开心

五

我站在雪地上
看着大地冰结的眼泪
陷入幸福的沉默

过去丢失的很多往事
抑制不住地颤抖
如此紧迫的想法
被时间永远搁置

湖　边

我穿过一大片柳树林
在芦苇滩的尽头
长久地注视月光下的湖

这一大片透明的湖水
有些荒芜神秘
蟋蟀在苇丛窸窣作响
一只布谷鸟
在树上左顾右盼
大声鸣叫
自得其乐

月光
在路上洒满白色的印迹
湖底更加澄碧和鲜明
一群嗡嗡作响的蜜蜂

一群叽叽喳喳的麻雀
都是被风吹乱的风景

山峦映在湖水之中
迷离的碧影
鱼儿和我投进湖中的石子
一同欢跳

墙上的一幅油画

我坐在屋中
窗台上的龙舌兰和着
屋内轻柔的音乐
镜中的微光
照着我浅浅的泪光

我努力寻找油画中
我所看到的一切

窗外的细雨敲打着窗台
今夜的我
难以入眠

这个略显湿润而悲伤的夜晚
就在我心事重重的怀中
静止不动

葡萄园

太阳
慢慢落山
阳光把葡萄园染得一片暗红

夕阳
在无拘无束的风中摇晃着
慢慢消失

群鸟
在葡萄枝上短促而响亮的啁啾

世界的灿烂
躺在盛大葡萄园的臂弯

水流向上

河水在河谷浅浅流淌
河边的树林慢慢褪去了醉人的绿意

河水的周围
是大片沼泽
潮湿的风从远方的草原吹来
远方的山谷
在河水的浪花中上下起伏

水流向上
我站在明净的蓝天下
我站在浓密的草丛中
阳光和白云
慢慢向我靠近

雪　夜

漫天飞雪中
我穿过一片桦树林

这冬雪的夜晚
模糊了世界的一切
把寒冷的城市拥在
越长越高
的怀中

瞬　间

每天
我伫立在高高的田塬上
翘首以盼
你的出现

我看着沾满露水光泽的青草
一如往常的绿
我还在久久回味
细节如此清晰的快乐时光
和那一瞬间
稚嫩的悲伤

雪　山

雪山
在盛夏熠熠闪亮

溪水远离冰川
漫过河滩

伟岸的橡树林看着
鲜艳的花园

一群飞翔的鸟
呈现这里的自由和安详

我 们

我想到多年前的一个夜晚
我们手牵手
走在微风拂面的果园

我们躺在草地上
数着夜空闪耀的星星
初升的月亮
让今晚的一切变得可爱

我对你的爱
总是迟钝而紧张
我知道
在这尘世
你是爱我最多的那个人

恋

微风和雨水拂面而来
院中一丛芭蕉
栀子含苞待放
婆娑摇曳

我目不转睛
盯着窗外的宁静

恋人早已走远
夜
正深沉

春天里

春意渐浓
绿枝繁茂
这饱含春韵的日子
一天天走近我们

春雨
细细密密
雨中的每一片绿叶
都带着迷人的光亮

春雨
钻进了路边的草丛
钻进了香气绵密的栀子林
钻进了远山如黛的黄昏
钻进了绽放的花瓣里

春天里

一切都散发着迷人的气息

满心欢喜

沉寂的村庄

夜幕降临
我坐在田埂上
听小村的心跳
在心中颤动

青草的气息和屋顶的炊烟
一同在高高的山岗
飘起

夜鹰
栖息在松树上
微风中总是弥漫着
树林沙沙的低响

月亮
在蜿蜒的小路
泻下一地的银色月光

大海的忧伤

大海
总是闪着令人眩晕的蓝
海鸥和海风一起
在海面上完成了一次次的飞翔

海岸边
布满了苔藓
海水里游弋的鱼群
不知道大海
有多深的忧伤

树　林

冬天
总把灰色的天空
挂在树林中
挂在山谷下

树林里
有着更明亮的寂静

路旁
一朵幽暗的野花
我听到了它急促的呼吸和微笑

寻 找

披上浓雾的天空
弥漫在湿漉漉的田野上

竖琴般的牵牛花
被露珠的流动惊醒

树枝上的白雪和
多么欢快的雪橇声

冰冻的河水在水底
诉说着自己的温暖

小镇之夜

一弯新月
洒在青草遮掩的水井旁

流星雨坠落在山峦上
黑暗的树林
山鹰在岩石上拍打翅膀

小镇和群山之间
遮住了那么多的田野溪流

小镇在群山的怀抱中沉睡
享受着这美丽的月光

牧　场

晨光中
广袤草原
永远是碧绿青翠

我在草丛
寻找微风中最后几滴
沉睡的露珠

牧民
飞奔上马
赶着羊群
去往更远的草原

山　间

这是一年中最美的时光
花园的红
野花的蓝
幸福的蜜蜂
在山间
越聚越多

树林中都是鸟儿醒来的啭鸣
花香和绿荫
布满整个山谷

流淌的小溪
白色闪亮的雪山
在更远处

海　风

大海
总是波涛汹涌

礁石上的绿色苔藓
炙热的沙砾
海上的日落
都睡在了咸湿的海风里

今夜
天上的月亮是白的
海里的月亮是红的

追　忆

北方
摇曳得我昏昏欲睡
两棵树间的小路
继续向前延伸

山丘阳光灿烂
松树下的红色莓子
倾听所有鸟儿的歌唱
红色的昆虫
也睡在了洁白的野花里

我看到的那些
光彩照人的花朵
不知疲倦飞翔的雪雁
泥土上的草垛
抚摸四处走动的童年

醒

城市的边缘
海鸥在蔚蓝的大海
顺风飞翔

夕阳慢慢消失在
薄薄的山峦上
路人匆匆的脚步和着
喧闹的声响

花园
在微弱的黑暗里沉睡
我和花香
悄悄耳语

冬　日

傍晚
我漫步在空无一人的小路上
今年的雪
比去年的来得更早

冰冻的雪
挂满了又高又瘦的白桦林
一只鸟
在积雪覆盖的树枝上
小心翼翼地飞落

雪
在空中舞蹈
像冬天明亮的眼睛

童年的故乡

我童年生活的地方
总有甜美的果实在风中成熟

田野上
青草头顶露珠
一片莹莹的绿
在河水的流淌中
春天加快了前行的脚步

飘拂的柳条
追逐湖中的水鸭

像梦中的回忆
乡情
总让我留恋

云的这一端

我总是在遥想家乡的一切

湖

美丽动人的湖泊
一如从前

春天的新绿
摇曳的桦树林
幸福地倒映在湖中
空中的飞鸟
好似天空的剪影

湖水在阳光的抚摩下
由碧绿
慢慢变成幽暗的深蓝

这令人眩晕幸福的湖水
穿过世界的饥渴

我陶醉在这片令人眩目的
湖湾

声音·水

月光如水
寂寥的星星看着
大地飘落的花瓣和落叶
在白光中闪烁

鸟儿在摇曳的枝头安睡
翅膀把黑夜合拢

流浪的黑夜
有它自己独有的声音和思想

静　止

树林静止不动
我前面是令人不安的黑夜

道路的尽头
树的背影
沉默的星光
在藤蔓边晃动

落　叶

我停下脚步
看着那些细微的落叶
上下翻飞

微风把露珠慢慢吹干
依旧饱满的空气和水声
从对面树林掩映的山间传来

古老的雪松
橡树林从云下破土而出
几棵被啄木鸟啄空的树
在山谷溪流中苏醒

知更鸟更轻柔地飞起落下
整个夏天
我都听到了蛙鸣

二　月

一缕缕渐热的阳光
把一朵朵白云从冰冻的山峰吹来

二月的天空
在风中
心情欢畅地自由呼吸

池塘边的野花
头顶露珠
看鸟儿的鸣叫
飞向天空

山坡的另一头
潮湿轻盈的春风
在树林与树林间的空地
在二月的怀抱
慢慢摇荡

秘　密

一

露水
在潮湿的草尖
微笑

落叶
在孤独的沼泽沉默

二

春天
蝴蝶用翅膀将自己装扮美丽
夏日
云朵从空中亲吻阳光

三

河流山川
在世界的歌唱中
等待

四

故人的脸
像两盏灯
多少次在梦中流浪

五

一滴水
在春天迷人的太阳下
照亮这条河的前世今生

六

河塘中
荷叶上的露珠和一层薄雾
低声交谈

河塘荷花盛开
地上一夜寒霜

七

我在十月纷扬的落叶中
等待冬天的来临

候鸟的归影
触摸世界的方式是多么轻盈

八

我敲响你的房门
请让我进去

时间总是摇摆不定

我没有别的表达方式
我将空手而归

九

冬日阳光的影子越来越短
一只鸟侧身飞过

最后一抹傍晚的云彩

风
总是那么坚定地向前奔跑

十

我总是梦见自己
在梦中飞翔
起伏的山川在我身下微笑

我感受到了脚下的寒冷和孤寂

十一

土地的模样
叶子的边缘

蝴蝶花
把一切和虚幻的世界分开

十二

窗外
天空渐渐发白

你的面孔
在我的梦中
总是遥远得令我陌生

十三

暴雪和乌云
覆盖着这一大片荒原

一片白色的忧伤
面无表情
眺望远方

十四

鱼群在湖中游动
落叶和花瓣飘在湖面
今夜的月光
照在湖水安睡的脸上

十五

大风
把世界的一切

都吹得变了模样

孤寂的昨夜
我的爱人
你在何处

十六

阳光
在丰盈的天空
光明
在黑暗的边缘

我的爱人
我用一双困倦的眼睛
等

黎　明

一

这场迟来的雪
没有给原野留下任何歇息的时间
又湿又冷的泥土
一层层醒来

落叶松和桦树林
更高地伸展向白皑皑的天空

唯一的声音
是雪花掠过我头顶的笑声

二

四月的小溪
亮晶晶地从山间滑过

树林与湖水之间
深邃幽暗的可爱

我苦涩的记忆
把往事磨成一个弧形的微笑

三

二月
在逐渐远去的冬天的背影中
慢慢伸展

抽芽的柳枝
用温暖的阳光装点

泥土下面
快乐的草籽悄悄开始了歌唱

四

这么多蝴蝶
聚集在这片花地上

多么开心的苹果园
多么欢畅的瀑布
苔藓在很高的岩石上生长

一阵微风
吹皱了平静的湖面

五

摇曳的丁香花
在我的眼中是多么轻盈

灯芯草在黄昏
看着蓝色的天空

星星的低语

我遥想着魂牵梦绕的故乡

六

无拘无束的月光
爬满院中的葡萄园

陌生人的面孔
在镜中一闪而过

触　摸

清晨
我睁开眼睛
又看到了窗外明亮的一切

生活中那么多的快乐和忧伤
就像我又要开始触摸的
这个有着精美画框的世界

结　局

许多晚上
我都做着相同的一个梦

故乡城市的一切
在我的梦中是如此清晰

就像一次次故事的开始
没有结局

虔　诚

春天的山谷
湍急隐秘的浅滩
陌生迷人

谷底的桦树和山毛榉
也生长着许多的落叶松和冷杉

山洞的石壁留下古人
精美的图画
我虔诚的眼神和笨拙的身体
一同
观看

尘　土

一

大地　山川　河流　森林
在博大的天地间
有着各种各样的姿态

多少的尘土无声无息
绵延不绝

二

我已厌倦冬天漫长的寒冷

冷漠的河流
继续在冰川下前行

时间好像
在休眠的种子下
停滞不前

三

田园上
北风呼啸

我从未直视过它们凛冽的面孔

凋零的植物
有时
令人忧伤

四

四月树木抽芽
五月开满灿烂的芽
云朵苦涩得发蓝

和这世界一样的
古老

五

这生日的祝福
在今天这个夜晚
不同于别的日子

我看到你的身影在月光下匆匆行走

河水的倒影
照在门前的拱桥
一条光滑而敏捷的鱼
不时跃出水面

山谷之恋

走下山谷
越过平原
河流逆流而上
迷雾
在汹涌的河口

云和风
穿过这条深不可测的山谷
小心翼翼的鹿群
奔跑在布满微光的树林
把我的视线带到
更遥远的山谷的那一边

落日
在青灰的岩石上
落叶

在暗绿的湖面上

星星

在夜空

轻柔地滑行

寂　静

河边静坐
是我最幸福的时光

闪亮多姿的秋叶
沉稳流淌的河水
错落有致的云彩

蜜蜂热烈的嗡嗡声
空中飘散的栀子花香
河面是草地的镜子

一只背对太阳的啄木鸟
是长时间的寂静

欢快的影子

一

我的影子
就这样无限地拉长

那些欢快的
那些孤独的影子
挤在一起交谈它们
喜欢的一切

没有人知道
它们还将去向哪里

二

幽暗的风
掠过村庄　草地　麦田
飞驰而去

我找到了最初冬天的凉意

三

十月的天空
干干净净

自由的阳光
自由的月亮

乌云是白云牛气的模样

四

静悄悄的夜晚
兀自站立

柳叶

在风中簌簌飘飞

我聆听一切打动我灵魂
欢快的歌

无　题

一

太阳的影子
印在斑驳的墙壁

童年的记忆
被无声的风轻轻吹散

我全部的冷漠
只用两只眼睛来表达

二

在这积雪覆盖的山谷
我想念田野　花丛

溪边　草坪
在这雪夜
虚妄地生与死
我只需要片刻的宁静

三

戏水的野鸭
把一层层碧绿划开
湖水
有了更多的春意

四

我长久的等待
在窗外凌乱的雨中

几片闪亮的叶子
都在一切开始之前
那么甜蜜的生活

我　们

一

月亮
用明亮的双眸
祝福我和最挚爱的亲人和朋友

白色的山岗
由博大的大海守护

二

一块嵌于悬崖的孤石
布满苔藓的山毛榉林
一座孤独的山峰
松木泥炭的气味

夹杂在瀑布中

三

灯火稀疏的
冬日农庄里
寒气
将瑟瑟发冷的人们拥在怀中

多年未见的朋友
难得在这温暖的火炉边
交谈

四

门外的一切
似乎都凝结在玻璃窗上

落叶的声音
一只鸟
站在结实的树干上
歌喉嘹亮

记忆的碎片

一

一边是绝望
一边是笑声

时时包围着我
稍纵即逝

二

苹果树阳光下
收集每一种声音

鲜亮的麻雀在夜间总是
举止迟钝

你无法征服那么多的
忧伤

三

令人眩目的阳光
依然静得美丽

那些使我们更亲近的
事物和朋友

仓促的人生
如此紧迫

四

寒冬
一撮泥土把大地微弱的
一息温暖
留给自己

我满身疲惫
在拥挤的人群中
愉悦前行

五

这些年
我依然如故

对流逝的时间
熟视无睹

森　林

幽暗的星辰下
鸟巢在树枝上摇荡
这里是它们
四季温暖的家

一切都截然不同
绿色的甲虫
红色的花苞
五彩的蝴蝶
繁茂的大树
风
守候在森林的上空
像亲人
和它们紧紧相拥
一只猫头鹰
在树上伸出片刻的黑暗里

遥望着这一大片
为它遮风避雨的
生机勃勃的森林

泪　痕

我的眼前满是你柔软的身影
沿着我的泪痕滑动

浓香的暮色在街巷蔓延
我像要冻僵在城市的躯壳里
哗哗作响的雨滴
在我的双眼间
留下一道思念的泪痕

镜子一样平静的呼吸和目光

日渐凋零的花朵
凝固在大地
时间像一滴滴雨
快速流淌

一大群灰色的鸽子
翱翔在灰色的城市上空

柔和的月光周而复始
空谷鸟啼
城市沉默不语

沉重的耳边
我把手指插进发丝
凝神倾听你留在我心中的
思念和歌声

在我的双手间折断
我的呼吸和目光
像镜子一样平静

一朵花的呼吸

大风
在荒原上独自行走
山坡上
透明的阳光
唤醒沉睡的小溪山谷

玫瑰花瓣的香气
轻抚我的脸庞
直入心脾
我想放开歌喉
大声歌唱
又兀自
哑然无声

顷刻
我像一朵在微风中

自由生长的花朵

轻轻呼吸

你留下的月桂般的身影

在我心中簌簌作响

干枯的种子

天空冰冷的蔚蓝
慢慢落入山谷的后面
林中深处微微的光亮
照着我走过蜿蜒的小道

被大风折断的树枝
空荡荡的花园
挡住我的去路

蚁群在树下小憩
故人的名字在石头上
像一些干枯的种子
泥土的气息
落叶上的一丝微尘
钻进我的鼻孔

这个陌生的世界
此时
我听到了只属于我自己的
歌声

山谷下

青草在低处呼吸
静谧的蓝天
开启这自然美妙的画卷

坚硬的石头
用微风
将山谷感动

水和种子
带来白色黎明
一片森林
一片白云
一片光缎般的白桦树干
为沉默的一切灵魂发声
在天空的另一侧
我行走在布满巨石的山谷下

我睁大双眼
一一观看
美丽的野梨莓丛
青草的发梢
和叶片上闪亮的露珠

夜 歌

黑夜
大地的问候已经熄灭
星星
照亮一轮挂在枝头的月影

黝黑的橡树微微颤动
树梢轻抚布满星星的夜空
蟋蟀在风中
在凉凉的草尖上唱着夜歌

鸟鸣使山林更加幽静
微弱迟钝的蝉鸣慢慢消失
前方的路
在丛林中若隐若现
黑夜里有那么多的沉静
我沉浸其中

此刻
我所有的语言
长满荒草

大海　大海

大海的岸边
是飞舞的沙粒和
海浪的鸣唱

浪花在海面上闪耀
远方的岛屿
在湛蓝的天空下依稀可见
大海深处是美丽珊瑚的栖息地
贝壳的足迹遍布岸边

海鸥白色的翅膀
拍打在干裂的峭壁上
炽热的阳光
在浪花细碎的阴影中
在斑驳岩石的苔藓上

我站在陡峭的山崖上

看散落的海风在海面上滑行

如此完美的大海

扑向岸边的礁石

和我

秋天的乐章

闭上眼睛
比森林更加繁茂的秋天
从眼睛盛开到天际
高远平和的秋天
收获静谧和安详

半山腰长满了芒草
红树枝伸展向四方
布满金黄

蓬松发亮的云团在头顶
闪闪金黄的稻浪在眼前
蓝色透明的炊烟在前方

簌簌作响的森林
在落叶洒在脚下的泥土上

感受大地的体温

风在田野低鸣
一只飞翔的蝴蝶
是秋天彩色的乐章

沙　漠

无法阻挡的黄沙
向黄色的大地进发
在乌云的流动中
在狂风的呼啸下

淡淡的云霞
辽阔恬静的水色天空
远离荒凉的戈壁滩

河流
在沙漠面前是如此虚弱无力
世界
从昏暗的太阳下
向这远方延伸

双　眸

所有的绿叶都是夏天的果实
浓浓的绿意在大地流动
麦浪躺在广阔的晴空下
阳光快速收割这明亮的田野

各色花朵开满原野
微风
在浓浓的花香中
诉说绵绵情怀

这个丰盈的季节
是世界真实的双眸

即　景

云朵在天上
湖面粼粼波光
舒展的绿叶环绕湖岸
天鹅在湖边戏水

森林中的石头
变成音乐的轮廓
我用双耳
倾听动人的故事

那些羊群和鹿群
终于在原野安睡

怡然自得的大树
众多的蕨类植物
油绿清亮的草地

比我想象中更加美丽

成群的鸟儿站在枝头
像举着甘甜的日子

存　在

一

此刻
只有云朵
在水色的天空飘荡

这一次匆忙的旅程
没有遗憾
没有感伤

二

布满碎石的小路上
黑夜
正从四面八方赶来

像在舞台上演的一场场
独幕剧

三

我知道自己该做些什么
一切就绪

对灵魂的赞美
需要保持谨慎

四

清晨
灰蓝的晨光
在冰冷的窗台堆积

我在房间踱步
思考你
将以何种姿态和表情离去

五

璀璨的阳光

孤独的玫瑰在花园里

藏在心底深处的语言
最值得怀念

六

河边的一切都沉默寡言
大地发出沉闷的声响

世上最美的梦想
回到我身边来

如此谦恭的面孔和
孩子般的微笑

七

我的双眼
离茂密的灌木丛
如此之近

我甚至听到了泥土的流淌
钻进我的心里

我怀念
人类古老的童话和传说
以及那些伟大的爱

八

沿着荒草丛生的小路
回到迷人的海边

镜中我无聊的表情
眼睛和耳朵
观看和聆听
湿漉漉的思念

九

阳光拥抱白云
河水滋养万物
寒冷在大地
慢慢消失了踪影

淡淡的寂寞
有时像一些愚蠢的小把戏

十

和你的离别
像日渐枯萎的花园

请原谅我过于小心翼翼地生活
那么多黑色的渴望
多么美好

十一

童年放飞的风筝
细绳在我的手中抖动

一年四季美好的生活
印在我的脸庞

十二

拉开的帷幕

轻声地窃笑

那么多的人喋喋不休

上演一出出话剧

十三

慵懒的花朵
看不清低处的黑暗

关于死亡
关于爱情
那些潮湿的面孔
冷眼旁观

十四

坚硬的蛛网
在傍晚的墙角

笑声
装满了整个房间

梦中的相逢
情意绵绵

十五

枫树

慢慢长满红色的枫叶

阴沉的天空
一丝红色的光亮

唱着动人的情歌
爬满窗台

十六

无端的欢喜和忧伤
常常冲动地钻进我的内心

坚硬的风
干渴的眼睛
如影随形

十七

愤怒和宽恕
妒忌和赞美
慢慢消退

请欣赏这华丽的游戏

风　景

冬日的花园
阳光斜斜地
在大地沉睡

我将目光转向山谷口
一大群羚羊在满是灰烬的草丛
发出一片绵绵叫声

盛开的鲜花
油绿的青草
开启盛大的狂欢

秘　密

耳朵中的秘密
在我的身边酣睡
我在梦中
寻找甜蜜的爱情

轻快的风
穿行在城市上空

清晨的雾气
在我微动的唇边
慢慢下落
透明的露珠
落入它挚爱一生的土地

街道上那些匆匆行走的
异乡漂泊的人们

他们前行的姿态
有时
就像手足无措的孩子

梦醒时分

黄昏时分
风
吹来更加香气扑鼻的金莲花香

飞鸟在云中飞翔
沙粒沉到河底
河面的涟漪
在漂浮的落叶边缘
一圈圈散开

大地在雷声中微微震颤
鸟鸣归于沉寂
那些装满谎言的人
站在月光下

梦境之一

一

清晨
一滴滴晶莹的露珠
从花枝上洒落
品尝泥土的味道

二

如此凌乱的风
惊起成群飞鸟

我在雨中奔跑
大声说出
我爱

三

远方
那些美丽的岛屿
属于我的亲人和朋友
观看

这驶往前方的旅程
将是一次真正的远行

四

只有你让我说出心中
真正的情话

这个并非自己想象的世界
你可以任意猜想

梦境之二

一

你灵动美丽的眼睛
灿烂甜美的笑容
我沉浸在其中

我需要一点勇气
鄙视那些不值一提的讥笑

二

坚硬的泥土
纯洁的露珠
这片花地即将再次被鸟鸣叫醒

我坚韧的冷漠
像一块冰冻的石头

三

大海深处
巨大的波涛
像要将我吞没

海风
在岸边的时光中
快速奔跑

梦境之三

一

湖心
阵阵波浪将鹅卵石推向
叮咚作响的岸边

洁白的水花
还给炙热的大地

二

你坐在那里沉默不语

我喜欢咖啡在杯中温暖的沉静

为了这幸福的期待

三

风用嘴巴
靠近青草的呼吸

悠扬的琴声
在我的梦中突然响起

被月光抛弃的时光
莹洁的恬静

今　夜

今夜的星空似乎不那么明亮
月光
也有些飘忽不定

满天的星辰和
斑驳的墙壁拥抱在一起

一片片落叶
一滴滴眼泪
像镜中的目光
苦涩地沉睡

美妙的一刻

枫树林的尽头
柔弱的枝条在风中弯下腰
花瓣的甜蜜钻到最深处
黄蜂神色匆忙地
在花朵上飞行

游荡的轻风
繁茂的草丛
体态瘦小的昆虫
火艳的玫瑰
落日
将它们一一照亮

黑色的树干
黄色的树叶
白色的呼吸

与林中淡淡的香气相拥

多么美妙的一刻

期　待

清晨
我沿着河边散步

我看到了绚丽多姿的天空
我看到了广阔宁静的河面
我看到了一只小鸟空中完美的飞翔

我曾对幸福的爱情
如此期待
你
融化了我多年孤独的坚硬

雪　夜

积雪上
我的脚步
了无声响

我屏住呼吸
站在纷扬的大雪中
没有笑容的脸
想这沉重而无眠的长夜

唤　醒

太阳
慢慢从天空显现
这最美的炙热和蔚蓝

山谷里有自由飘动的云朵和
动物的嘶鸣
结实的河流
将大山与沟壑相连

裸露的山脊
瑟瑟的寒风
也沉入湖底之中

满怀伤感的我
坐在石头上
这是我梦中最幸福的感动

感谢这空明澄澈的自然
新的一天
即将重新开始

启　程

这一大片土地和四季
稻谷成熟
橡树开花

枯木和腐叶在浑浊的河边
风声
在空旷的大地回荡

云在山丘的后面
昆虫在浓密的草丛间
找到栖息地
懒散　心不在焉的果园
以鲜果相送

向着溪流
向着河谷草地前行

一次漫无目标的漂泊
正在起程

黑色水罐

月亮升起
星星
快速布满夜空

忙忙碌碌的昆虫
草丛中叫得正欢的蟋蟀
从低处飞向树顶的小鸟
你无法确定它们的行踪

沉寂的钟声
在越来越远的山岗上
黑夜
拉直了小路
石头的影子在苔藓的上方

我看到

一只打碎的黑色水罐
在墙角
哭泣

黄色的沙砾

正午阳光下
细小的黄色沙砾
变得炙热

随处可见的花丛
洁白无瑕的野雏菊
沙砾一粒粒的温暖
在森林平静的眼睛中

灰色的
白色的
黑色的
各种形状石头的影子
快速退到地平线后

沙砾和泥土之间

泥土和雨水之间
森林的饥渴胜过对大火的恐惧

挽　留

狂风
像盛满水的罐子
我听到
密密簌簌的水滴声
在树干上流淌

美丽羞涩的云朵
急匆匆飘走
微微抖动的树叶
遥看乌云畅饮雨水

静立枝头沾满雨水的小鸟
一切的孤寂和不安
用风唤醒
我看着飘洒的雨丝
默默地走开
不留下一丝身影

大海之光

波涛汹涌的大海
飓风拍打灰暗的礁石
远方的岛屿
凝视黑夜纷乱的眼睛

贝壳沉入海底
奔放的海藻在水中互相缠绕
海鸥的翅膀和浪花
一起飞向天空

浪花中淡淡的光斑
若隐若现
像要被浩瀚的大海抛弃

多么美妙的时刻
就像置身在细小而温暖的贝壳里

背叛和忧伤
永远离去

迷　雾

高楼林立的街道
阳光到来之前
迷雾
张开虚无的嘴巴

最后一刻的黑暗

解　脱

山谷
雾气浓重
瀑布奔腾
树干的阴影与脚下
忠实的石头为伴

树脂从树干上一滴滴流出
那将是怎样的一种解脱呀

五　月

五月
四季最轻盈的季节
柳絮轻轻
花枝流香

柔软的阳光里
一只只蝴蝶栖身在甜蜜的花丛中
远方
更为深沉的大海
在太阳下熠熠生辉

从清晨到傍晚
喜鹊
在窗外飞来飞去
天空像充满白色汁液的果实
纯净饱满

空气中到处飘散
青草的清香

世界的乏味
被我抛在心中

天际面孔

浓雾
升起又落下
和着巨大的水汽
和着大地沉默的面孔

空气和泥土
火焰和清水
每一个
都是自然的馈赠

金黄的天际
像镜子一样平整
那些几乎一模一样的面孔
戴着面具
带着淡淡的笑容

当一切逝去

请接受我可以表达的一切

快乐忧伤

多情的记忆

我沿着平缓的山坡
走向山涧的小溪

浓雾笼罩在低矮的山坳里
泥泞的浅滩
寂静的旷野
走过森林
走过荒原
走过群山
走过峡谷

灰色的山丘
站在河流湍急的岸边
饥饿的白鹭
在阴云密布的天空下
四处寻找干涸的水源

穿过一片松树林
不眠的星辰
简单而多情的记忆
总是不约而至

秋天的盛装

最丰盈的季节注定是盛大的秋天
金黄满地
亭亭浓荫只留下残影
稻香是秋天最华丽的金色乐章

茂密的森林
慵懒的河流
孱弱的沙丘
展现出秋天最美的一切

石头沙砾和漫无目标的风
嵌在高远博大的空中

秋雨　秋月
秋雁　秋叶
秋天

美得令人窒息

令人留恋

旅　行

月光下的大海
沉静壮阔
山涧里的一切都被包裹在
升腾的雾气里

低垂的乌云
从山顶涌出
从树梢涌出
记忆中对黑暗的恐惧
像一个迷迷糊糊苏醒的老人

那些沉重的甘菊丛
在林间空地
被无垠的黑夜填补

在丛林的更深处

伤感的旅行和我脸上
僵硬的表情
在黑夜的一角变得苍白

双眸的眼泪

晨光
悄悄爬上窗台

你顾盼生辉的双眸
在我忠实的记忆里
时时闪现

我苍白的眼泪
慢慢风干

镜中的面孔

梦中
阳光像镜子破碎的声音
耀眼而急促

你最柔情的身影
刻在我们一同走过的青石板路上
我们苹果一样的笑脸
无比鲜艳

我在房间侧面
注视你在镜前
梳理自己乌黑的长发
镜中的面孔
和我的思念一同发酵

火炉中

纤弱的火苗
燃尽了我们最后一丝悲伤

无　题

天边的晨曦
晨光中的大地

冬天的橡树渴望
无拘无束地呼吸

比小草更纤细的沙砾
守在大海的身旁

归　来

奔腾的河流从群山
流入大海
找到最后的栖息地

春天将无数的花朵
撒满巨大的山丘

鸟儿一排排
欢快自由
站在繁茂的树枝

弯曲的小道
穿过石拱桥
直达湖心

乌鸦在山林聒噪

藤蔓和瀑布
爬上陡峭的高山

白色的岩石
如缕缕炊烟

流　动

云朵的哭泣
就像一阵阵细雨

流星在天空
和月亮一同滑过

远山的剪影
和那么多无眠之夜
堆积在我的心中

冬天的记忆

冬天的边缘
缤纷的落叶
飘满灰色天空

雾霭在田野流动
湖水微动的涟漪
林中石屋的沉静
平静地入眠

薄如轻纱的云团
在空中缓慢升起
时而游荡的雪片
在天空的最底层

积雪覆盖的白色小路
蜿蜒前行

这个有些过于寒冷的冬季
正缓慢向春天撇开心扉

云

山丘上
百合盛开
到处爬满了藤蔓

风把椴树叶
吹到平坦的荒原
为大地披上盛装

湖面上
一大片站立着的水鸟
粼粼的波光
倒映着森林的身影
高高的山塬
在身后如影随形

花园和青草

云朵和微风

抹去一切寒冬的回忆

想

夜晚的群星和大海
挂在我的窗前

那些爱　忧伤和恐惧
在窗外游荡

我的梦如此真切
我大叫着惊醒

想你时
我的灵魂只在黑夜
游荡

高处的光芒

干枯的风
来自远方的冰山
暗淡的风
来自森林
无边的荒原
寂静无声

成群的蜜蜂从
蓝色　粉色
黄色　紫色
浓艳的花朵中
飞来飞去

林间空地
白色云朵
倒映湖中

这自然慷慨的美景

高处的光芒

满是安详宁静

故　乡

城市的边缘
游船快速驶过河面
晨雾
在岸边匆忙行走的人群中
弥漫

树干丛林间
凋落的花瓣
日渐稀疏

故乡的思念
在我颤抖的双指间
苏醒

大海的歌唱

傍晚
海风渐息
大海在地平线慢慢熄灭落日

感谢今晚明亮的月光
把我带到大海边
坐在温暖的沙滩上

我在海风中
大声歌唱
激昂起伏的嗓音
像鲜红的欲望

海浪
越来越纤细的歌唱
如此完美

我对今晚这真实的梦境
满怀感激

大　地

密密的树林
黑暗中的水流声
在我身旁
脆弱的记忆里

轻轻的白云
飘过布满金黄落叶的大地
微微卷起的玫瑰花瓣
甜蜜的呼吸
游走在寒冷
布满香味的空气中

天空中翱翔的苍鹰
满树的樱桃
一轮如钩的新月
和朦胧的风景

和伤感的回忆
在一起

黎明的寂静

水面很低
风用手指握住
左右摇摆的芦苇
一只雪雁
飞翔在银色的湖面上

黎明
夜色在霞光中
一点点退去
满天的星辰
带走昨夜的寂静

河面宽阔舒缓
映照着树林的倒影
忙碌的昆虫
斑斓的蝴蝶

黎明
像黏稠的花蜜
像彩色的风景

海　湾

此刻
密布的乌云
梳理沾满夜色的海水

醇厚激扬的海风
海面上沉睡的船
星星点点
布满海湾

一只无眠的海鸥
注视着这片静谧的夜光

后　记

《怀想与歌唱》是我的第五本诗集，“诗是不会有什么成绩的，如果写得太早了，我们应该一生之久，尽可能那样久地去等待，采集真意与精华，最后或许能够写出十行好诗”，我希望用诗人里尔克这段话作为我三十多年创作的感受，并为自己继续坚持不懈的诗歌创作鼓劲。

我个人始终认为，诗歌是一种最集中、最生动、最直接表达深沉感情的文字形式。诗人表现出来的应该是一种高昂的精神和气质，诗人如果不表现出一种让人惊讶的思维方式，那对诗歌创作又有什么意义呢？

生活中，每个人总是依据自己设定的一些标准而表达出对美的感受，对生活的感悟，因而便有了不同的人生观与世界观。一个诗人良好审美观的形成，除了自身的一些客观原因外，情感的力量是很强大的，可以说在诗歌创作过程中占据着主导地位。从风格上说，我认为自己一直偏重于浪漫主义的抒情，对生活的热爱，又凝化成了诗的语言，发现爱、真情、痛苦和梦想依然是我诗歌创作的重要元素。

我基本上不赞成诗只对生活做平铺直叙的观点，它理应是艺术创作的一种最精致最细致的表达。诗有它自己的生命，我唯一能做的就是坚定地走下去，也许只有这样，才能寻找诗歌的可能性，也才会有更多的收获。

2021年12月18日于武汉